LE COMMENCEMENT DE LA FIN,

OU

LE MOIS DE MARS 1815.

IMPRIMERIE DE C. L. F. PANCKOUCKE.

LE
COMMENCEMENT
DE LA FIN,
OU
LE MOIS DE MARS 1815.
POT-POURRI.

PAR M. J. D***.

Tyran, descends du trône, et fais place à ton maître.

CORNEILLE, *Héraclius*.

PRIX : 1 FRANC.

PARIS,

Chez
C. L. F. PANCKOUCKE, rue et hôtel Serpente, n° 16.
PETIT, libraire de S. A. R. MONSIEUR frère du ROI, Palais-Royal, galerie de bois, n° 257.
DELAUNAY, Palais-Royal, galerie de bois, n° 243.

Août 1815.

PRÉFACE.

Air de Marianne.

A peine de la tyrannie
Nous éprouvions les doux effets,
Qu'un beau jour il me prit envie
De mettr' notr' bonheur en couplets:
Ma foi c'était
Un beau sujet,
Car l' bien tombait
Comme s'il en pleuvait:
Mais par malheur
D'un tel bonheur,
Mon faibl' pinceau
N'a fait qu'un pauvr' tableau;
C'pendant je conçois l'espérance
Qu' si mes vers sont trouvés mauvais,
On dira : c'est un bon Français,
Il mérit' d' l'indulgence. (*ter*)

LE

COMMENCEMENT

DE LA FIN,

OU

LE MOIS DE MARS 1815.

POT-POURRI.

Air du premier pas.

Dieu! quel malheur accabl' notr' pauvr' France,
D' puis qu' les Bourbons sont v'nus fair' son bonheur,
On n' se bat plus, partout r'vient l'abondance,
Et sans rien craindr' chacun dit ce qu'il pense.
Dieu! quel malheur! (*bis*)

Même air.

Oh! quel malheur! nous n'aurons plus de guerre,
C'était pour nous un plaisir enchanteur;

Il est si doux de dévaster la terre,
Et maintenant j' n'aurons plus rien à faire :
Oh ! quel malheur ! (*bis*).

Air : V' là c' qu' c'est qu' d'aller au bois.

On nous avait dit qu' les Bourbons
Etaient doux comme des moutons,
Que chaqu' fripon rest'rait en place,
Que tous avaient grace;
Mais v' là que l'on chasse
Merlin et quelques braves gens ;
Oh ! les Bourbons sont des tyrans.

Air : La bonne aventure ô gué !

Napoléon entendit
Cette voix plaintive,
Aussitôt aux siens il dit :
Qui m'aime me suive.
Du r'pos c' peuple est fatigué,
Faut le r'mettr' en dans', morgué !
Qui m'aime me suive
O gué,
Qui m'aime me suive.

Air : Tonton, tontaine.

Vît', qu'on mett' la main à la pâte,
Faut profiter d' l'occasion,
Tonton, tonton, tontaine, tonton.
Dans quatre bateaux, à la hâte,
Qu'on se jette avec du canon,
Partons, tontaine, tonton.

Air : Tout ça passe en même temps.

Le mensonge et l'impudeur
Sont tous les deux du voyage,
La fraude et le faux honneur
Se disputent le passage;
La rapine et le carnage,
La guerr', l'oubli des sermens,
Les chaînes de l'esclavage,
Tout s'embarque (*ter.*) en même temps.

Air : Partant pour la Syrie.

Mais d' crainte d'anicroche,
Il dit, avant d' partir,

Qu'il a quelqu' chose en poche
Qui, sans doute f'ra plaisir;
Et que chaque puissance
Avec lui s' reliant,
Lui rend le trôn' de France,
Car il est l' plus vaillant.

Air des fleurettes.

A ce mot de vaillant on se rappelle,
Où c' qu' cette vaillanc' le conduisit,
Chacun s' ressouvient qu' c'est elle
Qui l' fit empereur et qui l' défit;
Mais puisqu' les rois veul'nt qu'il s' r'mette
Sur c' trôn' qu'il dit êtr' son bien,
Chaqu' soldat trouv' qu' c'est bien,
Qu' c'est bien honnête.

Air des petits pâtés.

— Allons, amis, il faut partir,
Quittons cette île
Si fertile,
La gloire à nos yeux r'vient s'offrir,
Il faut tâcher de la saisir.

Adieu, charmant's Elboises,
Adieu jolis tendrons,
J'allons r'voir nos Gauloises,
Mais peut-êtr' j' vous reverrons;
Car si la haut' vaillance
De c'lui qu' j'accompagnons
L' fait encor chasser d' France
Il s' peut qu' je revenions.

Allons amis, il faut partir,
Quittons cette île
Si fertile,
La gloire à nos yeux r'vient s'offrir,
Empressons-nous de la saisir.

Air du vaudeville des deux Edmond.

A l'instant même qu'on s'embarque,
Dit à sa troupe le monarque,
Et surtout gare des Anglais,
Evitons-les. (*bis*)
Mais quand nous aurons touché terre,
Et que grâce à *Labédoyère*,
Notre complot marchera bien,
Nous ne craindrons plus rien. (4 *fois*)

Air de la sentinelle.

Abandonné par des guerriers ingrats,
LOUIS, hélas! voit se former l'orage;
Forcé de fuir, il quitte ses états,
En gémissant des malheurs qu'il présage.
— Au mépris de tous les bienfaits
Que votre main a su répandre,
Prince adoré, si des Français
Vous ont trahi, d'autres sont prêts
A s'immoler pour vous défendre,
Pour vous défendre.

Air : A jeûn je suis trop philosophe (*Lantara*).

LOUIS oppose un calme auguste
Aux maux dont il est menacé,
Et pour la cause la plus juste
Le sang n'a point été versé. (*bis*)
En s'éloignant, le monarque de France,
Ne songe qu'à notre malheur;
Image de la providence,
Lui seul sera notre sauveur. (*bis*)

Air : Cœurs sensibles.

Bonaparte et son escorte
Vienn'nt; mais d'peur d'être volé
Par la brillante cohorte
Que l'argent a rassemblé,
  Par une sécrète porte,
Il se gliss' furtivement,
Tandis que la foul' l'attend. (*bis*)

Air : Oui je suis soldat moi.

Il est empereur lui,
Si quelqu'un en glose,
N'a-t-il pas des soldats, qui
Sauront prouver la chose.
Il a bien voulu, dit-il,
Descendre de son trône;
Mais il trouve que l'exil
Ne vaut pas un' couronne.
Il est empereur lui,
Si quelqu'un en glose,
N'a-t-il pas des soldats, qui
Sauront prouver la chose.

Air de la baronne.

Il vient pour r'prendre
Des droits qu'il regard' comme son bien,
Or voici les droits qu'en pèr' tendre,
Aujourd'hui cet homme de bien
Veut r'venir prendre. (*bis*)

Air : Ah ! le joli droit du seigneur.

Livrer chaque famille aux larmes,
De tout Français faire un soldat,
Ne mettr' que dans le bruit des armes
La prospérité de l'état;
Ne chercher qu'à se faire craindre,
Régner par l' sabre et le canon,
Vouloir qu'on souffre sans se plaindre :
Voilà les droits d' Napoléon.

Air : Fillettes voulez-vous danser ?

Vive à jamais, viv' l'empereur,
Dit la canaille,

Gn'y a qu' lui qui vaille;
Vive à jamais, viv' l'empereur,
Foin des sermens et foin d' l'honneur.

Viv' le pillage, vive la guerre,
Des honnêt's gens j' n'avons que faire,
Viv' celui qui se moqu' des lois,
Viv'nt tous les maux à la fois.

Viv' à jamais, viv' l'empereur,
Pour la canaille,
Gn'y a qu' lui qui vaille,
Vive à jamais, viv' l'empereur,
Foin des sermens et foin d' l'honneur.

Chaque matin, dans les Tuil'ries,
Arrive un' troupe de furies,
Qui vient d' chez monsieur l' trésorier,
Recevoir d' l'argent pour crier:

Viv' à jamais, viv' l'empereur,
Pour la canaille,
Gn'y a qu' lui qui vaille,

Vive à jamais, viv' l'empereur,
Foin des sermens et foin d' l'honneur.

Air : Mon père était pot.

Sitôt qu'il entend ces cris-là,
Crac il ouvr' sa fenêtre,
Il regarde par-ci, par-là,
Puis, avant d' disparaître,
Il leur dit : bon soir,
Je vous laiss' l'espoir,
De r'voir ma bonne mine;
Mais vous d'vriez crier
Sans vous fair' payer,
D'honneur c'la me ruine.

Air : On nous dit qu' dans l' mariage.

Il ne manqu' pas de nous dire
Qu'il a profité du malheur,
Et qu'au lieu de chercher à nuire,
D' son peuple il fera le bonheur :

Dam, dam, ça se peut bien,
Dam, dam, j' n'en savons rien,
Pourtant j' craignons qu'il ne sach' faire,
Que c' qu'il faisait (*ter.*) naguère.

Air : Ça n' se peut pas.

Il n' demandait que plaie et bosse
Avant d'avoir subi son ban;
Mais il n'est presque plus féroce,
C' n'est plus l' même homm' d'puis un an.
A la paix il n' met point d'obstacles,
L' carnag' pour lui n'a plus d'appas;
— Il se fait donc encor des miracles?
Ça n' se peut pas, ça n' se peut pas. } (*bis.*)

Air : Sans mentir (*des Habitans des Landes*).

Son cœur est si débonnaire
Qu'il veut oublier, dit-il,
Tout c' qu'on a pu dire ou faire
Depuis le premier avril;
C'pendant il dissout les chambres,

Et décrète, en arrivant,
L'exil de chacun des membres
Du royal gouvernement.....
Ça dur'ra,
Ça dur'ra
Ça dur'ra tant qu' ça pourra. (*bis*)

Air : Au clair de la lune.

Chacun pourra dire
Ce qu'il lui plaira,
On peut même écrire
Tout c' que l'on voudra;
Mais si ça le gêne,
Quelque beau matin,
Du donjon d' Vincenne
On prendra l' chemin.

Air : Va t'en voir s'ils viennent.

Il assure que bientôt
Son très-cher beau-père,
Lui renverra son marmot
Et sa tendre mère :

Va-t-en voir s'ils viennent, Jean,
Va-t-en voir s'ils viennent.

Même air.

A la fin du prochain mois,
Sur leur tête il place
Le diadêm' de nos rois,
Dont il prend la place;
Il les couronn'ra, je crois,
Mais par contumace (1).

Air des Trembleurs.

V'là *Carnot* nommé ministre,
Caulaincourt nommé ministre;
Après ce couple sinistre,
On voit le nom de F.....;
C'qui fait qu' chaque royaliste,
Qu'un pareil duo contriste,

---

(1) Expression d'un écrivain célèbre.

Dit : au moins, sur cette liste
Un brav' homme se trouv' niché.

Air : Turlurette.

Et puis l' papa chancelier,
Qu'est nommé grand justicier;
Vraiment la rob' semble faite,
Turlurette,
Pour ma tante, ma tante Urlurette (1).

Air : Une fille est un oiseau.

L'emp'reur veut qu' pour l' mois de mai
On vienn' d' chaqu' coin d' la France,
Au Champ d' mars, en sa présence,
S' rassembler en *champ de mai :*
Là, chacun d'vra dir' c' qu'il pense
D'un *acte* par excellence,
Qu'il lui s'ra prescrit d'avance.

---

(1) Allusion à une caricature.

D' trouver parfait en tout point;
C'pendant si ceux qui l' réprouvent
Se trouv'nt plus que ceux qui l'approuvent
Ces vot's là n' compteront point. (*bis*)

Air : Ça fait toujours plaisir.

Nous n'aurons point la guerre,
Dit-il à chaque instant;
J'ai pour moi le beau-père,
Ma femme et mon enfant;
Mais si par aventure,
Aux arm's il faut r'courir,
Pour venger mon injure,
Vous saurez tous périr,
Ça fait (*bis*)
Toujours plaisir. } *bis.*

Air : Ce mouchoir, belle Raimonde.

Il adress' à chaqu' monarque
Un petit mot d'amitié;
Cependant on y remarque

Qu'il n' se mouche pas du pié;
Si l'Europe le seconde,
Il n' demand' que d'être en paix,
Il n' dérang'ra plus le monde,
Pourvu qu'il vex' les Français.

Air : J'ons un curé patriote.

Mais les Rois qui sont à Vienne
Connaiss'nt l' prix d' ses fagots là,
Ils ne veul'nt pas qu'il r'prenne
L' pouvoir qui nous accabla;
Tout ce qu'il leur chante est faux;
Ils n' sont pas dup's d' ses propos,
Et dans peu (*bis*) ils vont taper le héros. (*bis*)

Air de la pipe de tabac.

D' Napoléon l' bon cœur saigne
En songeant au sang qu'on vers'ra.
Mais qu'y faire? Il faut bien qu'il règne:
Est-c' qu'au trône il renoncera? (*bis*)
Quand il a déserté d' son île,
C' n'était pas pour y revenir,

La France est son vrai domicile,
C'est-là qu'il veut vivre ou mourir. (*bis*)

Air : Dans un délire extrême (*Joconde*).

Pourtant la peur l' talonne,
Et dans c' qui l'environne
N' voyant qu' de faibl's soutiens,
Il cherch' d'autres moyens.......
Brav's gens de quatr'-vingt-treize,
Pour peu que la chos' vous plaise,
D' vous voir il s'ra bien aise ;
Car on revient toujours.
A ses premiers amours.

Air : Nous nous mari'rons dimanche.

Voilà ces amours
Qui part'nt des faubourgs,
En manièr' de sans-culottes ;
L'un a son tablier,
L'autr' n'a qu'un soulier ;
Ils march'nt ainsi côt's à côtes :

Quelqu's uns ont mis
Une chemis'
Presqu' blanche :
Fiers comme un Turc,
Ils ont l' poing sur
La hanche;
Et moi je me di
Est c'que décadi ?
A pris la plac' du dimanche.

Air : Que le sultan Saladin.

A pein' l'auguste empereur
Voit cett' nouvell' gard' d'honneur,
Qu'il leur dit : rien n' vous égale,
Vous êt's robust's et forts..... de la halle,
Du feu vous n'aurez pas peur,
C'est bien,
Très-bien,
Qu' chacun d'vous soit éclaireur;
Mais puisqu' vous partagez ma gloire,
Voilà pour boire. (*bis*)

Air : Lison dormait.

Ce n'est pas assez pour sa défense,
Il veut qu' sur chaqu' hauteur d' Paris
On place avec grand' diligence
Des canons contr' les ennemis;
Et, pour t'nir son am' rassurée,
Il imagine au moyen d' ça,
D' ces redout's par-ci, d' ces bomb's par-là,
Des enn'mis empêcher l'entrée;
Pauvre benêt, qu'est-c' qu' ça fera,
S'ils n'entrent pas d' ce côté-là?

Air : N'en demandez pas davantage.

Le commerce avait pris l'essor
Pendant les dix mois d'esclavage;
La France revoyait encor
Tous ses voisins lui rendre hommage.
L'empereur paraît,
L'bonheur disparaît,
N'en attendons pas davantage (*bis*).

Air : Si Dorilas.

Ménager l'or et l'sang du peuple,
C'était l'usag' d' nos anciens rois :
Napoléon pille et dépeuple,
Pour n' pas fair' c' qu'on f'sait autrefois:
Aussi sous son règne prospère,
On entend dire à chaque pas :
Qu' c'est un princ' comme on n'en voit guère,
Qu' c'est un princ' comme on n'en voit pas.

Air : R'lan, tan plan.

C'pendant l' peuple est content,
A c' qu' dit plus d'un charlatan,
On va lui percer le flanc
Pour la gloire du sire;
N'a-t-il pas de quoi rire ?
R'lan tan plan, tire lire,
S'il souffrit pendant un an
Sans plein plan, tire lire en plan;
Pour son dédommagement,
Il mourra pour l'empire.

Air : Boira qui voudra, larirette.

Bientôt il ira combattre
Ces ennemis dangereux.
— Contr' un on dit qu'ils sont quatre.
— Ils n'en seront battus qu' mieux.
— Dans peu l'on verra,
Larirette,
Ce qu'il en sera,
Larira.
— On les frottera,
On les rossera,
Et chacun battra
La retraite.
— Dans peu l'on verra,
Larirette,
Ce qu'il en sera,
Larira.

Air : Chacun avec moi l'avoûra.

Au milieu d' notr' félicité,
Quand d' notr' bien, d' notr' vie on dispose,

D'où vient qu'on s' plaint, que d' tout côté
On n' sent qu' l'épin' de cette rose?
Lorsqu' tout Français a l'arme au bras,
Que mêm' les enfans sont soldats,
Qu' peut-on d'mander d' plus agréable ?
Pourquoi vouloir un' paix qu'on n'a pas
Lorsque l'on a (*bis*)
Un' guerre bien plus honorable ? (*bis*)

Air : Pourriez-vous bien douter encore.

Sur c' point voici ce que je pense :
Napoléon n'a point d'égal;
Mais l'espèc' d' bonheur qu'il dispense
Pour l' peuple est un pauvr' régal,
Et c' peuple, ingrat jusqu'au délire,
Adresse à chaque instant du jour,
A l'auteur du bien qu'il désire,
Ces mots dictés par son amour : (*bis*)

Air : Quand le bien aimé reviendra.

Roi chéri, quand tu reviendras
Rendre le repos à la France,
Autour de toi tu ne verras
Qu'un peuple ivre de ta présence ;
Chacun espère
Revoir son père :
Entends (*bis*)
Les vœux de tes nombreux enfans (*bis*)

FIN.

www.ingramcontent.com/pod-product-compliance
Ingram Content Group UK Ltd.
Pitfield, Milton Keynes, MK11 3LW, UK
UKHW021205230726
13926UKWH00001B/324

9 782014 439694